激励一生

的 成败故事

胡罡 主编

黄河出版传媒集团
阳光出版社

图书在版编目（CIP）数据

激励一生的成败故事 / 胡罡主编. —— 银川：阳光
出版社，2016.6（2022.05重印）
（校园故事会）
ISBN 978-7-5525-2670-7

Ⅰ. ①激… Ⅱ. ①胡… Ⅲ. ①故事–作品集–中国
Ⅳ. ①I247.8

中国版本图书馆CIP数据核字(2016)第143360号

校园故事会　激励一生的成败故事　　　　　　胡罡　主编

责任编辑　陈建琼
封面设计　华文书海
责任印制　岳建宁

黄河出版传媒集团
阳光出版社　出版发行

地　　址　宁夏银川市北京东路139号出版大厦（750001）
网　　址　http://www.ygchbs.com
网上书店　http://shop129132959.taobao.com
电子信箱　yangguangchubanshe@163.com
邮购电话　0951-5047283
经　　销　全国新华书店
印刷装订　天津兴湘印务有限公司
印刷委托书号　（宁）0020150

开　　本　710 mm×1000 mm　1/16
印　　张　8
字　　数　90千字
版　　次　2016年9月第1版
印　　次　2022年5月第2次印刷
书　　号　ISBN 978-7-5525-2670-7
定　　价　30.00元

前　言

我们在故事的摇篮里长大,故事就像一个最最忠实的好朋友,时时刻刻陪伴在我们身边。它把勇敢和智慧传递给我们,也把快乐、爱与美注入我们的心田。

《校园故事会》系列所选用的故事内容丰富、主人公形象生动活泼,而其寓意也非常深刻,会让你在愉快的阅读中了解到什么是美,什么是丑,什么是善,什么是恶,什么是直,什么是曲。我们相信,这些故事一定会使广大学生受益匪浅。真诚地希望本系列丛书能成为家长教育孩子的好助手,学生成长的好伙伴!

本系列丛书内容包括亲情、哲理、处世、智慧等故事,会使你在阅读中收获真知与感动,在品味中得到启迪与智慧。可以说,它们是父母送给孩子的心灵鸡汤,自己送给自己的最好礼物,同学送给同学的智慧锦囊,老师送给学生的精神读本。

总而言之,这是一套值得您精读,值得您收藏,更值得您向他人推荐的好书。因为课本上的道理是一条条教给您的,而这套书中的"故事"所蕴含的大道理、大智慧是要您自己揣摩的。

本系列图书在编写过程中不免会有瑕疵,望广大读者批评指正,我们会虚心改正。

编　者

目 录

激励一生的成败故事

激励一生的成败故事

激励一生的成败故事

成功的基石

　　一位穷困潦倒的年轻人,在别人开的商店当伙计。一次,一个妇女买纺织品时多付了几分钱,他步行10公里赶上那位妇女退还了这几分钱。又一次,他发觉给一个女顾客少称了四分之一磅茶叶,他又跑了好几公里给她补上。

　　年轻人一边当邮递员,一边还替人劈栅栏木条挣零花钱。一个寒冷的早晨,他走出家门时,看见一个年轻的邻居用破布裹着光脚,正在劈一堆从旧马厩拆下来的木料,说是想挣一些钱去买双鞋。他便让那青年回到屋里去暖暖脚。过了一阵子,他把斧子还给了那个青年,告诉说木柴已经劈好,可以去卖钱买鞋了。

　　当他在彼得斯堡当测量员时,曾把一条本可以笔直的街道设计成为弯的,为了保全一个穷苦的孤儿寡母家庭的住房。如果把街道建成直的,这可怜的一家人岂不要露宿街头!

　　这位一贫如洗、地位卑微的年轻人在25岁时通过竞选当选为议会议员。1860年5月,51岁的他参加总统竞选,在全国代表大会上,"拥护者阿伯,拥护劈栅栏木条候选人"的呼声

1

终日不息，最终他击败了对手，成为美国第16届总统。他便是被马克思誉为"全世界的一位英雄"的亚伯拉罕·林肯。

智慧箴言

没有伟大的品格，就没有伟大的人，甚至也没有伟大的艺术家，伟大的行动者。

——罗曼·罗兰

突破年龄

有人在调查了 100 位世界名人的成功经历后，发现一个奇怪的现象，他们的成功经历并非按照一般的成功模式进行，在成功者眼里，时空限制并不能左右他们。

这些名人包括莫扎特、肖邦、爱迪生、奥斯汀、福特、丘吉尔和尤比·布莱克。

莫扎特能弹奏古典钢琴，在他 3 岁时，并能记住只听过一遍的乐段。

肖邦在 7 岁的时候，创作了 G 小调波罗乃兹舞曲。

爱迪生 10 岁那年，在父亲的地下室建立起一个实验室，开始了世界上最伟大的发明。

奥斯汀在 21 岁那年出版了世界巨著《傲慢与偏见》。

福特在 50 岁那年采用了"流水装配线"，实现了汽车大规模生产，使汽车售价大幅下降，开始在全世界普及。

丘吉尔在 81 岁从首相位置上告退，回到下议院，但又获得一次议会选举。他开始学画，并成功展示了自己的作品。

100 岁的爵士音乐钢琴演奏家、作曲家尤比·布莱克还

树人文库

举办了自己的专场音乐会,在逝世前的 5 天,他对别人说:"早知道我能活这么久,我会更加努力些。"

成功是不分年龄的,只要拥有不屈不挠、坚持不懈、一往无前的奋斗精神,那么成功就离你不远了。

激励一生的成败故事

一步一个脚印

　　美国一个年轻人中学毕业之后立志做一名优秀的商人。后来他考入麻省理工学院,选择了工科中最普通最基础的专业——机械,而没有直接去读贸易专业。这招棋很妙,做商贸必须具备一定的专业知识。大学毕业后,这位小伙子没有马上投入商海,他考入芝加哥大学,开始攻读为期3年的经济学硕士学位。几年下来,他在知识上已完全具备了商人的素质。出人意料的是,获得硕士学位后,他还是没有从事商业活动,而是考了公务员,去政府部门工作。他深知,经商必须具有很强的交往能力,何况官场险恶、仕途多变也容易培养自己机敏、老练和临危不惧的品格。在政府部门工作了5年后,他辞职下海经商,业绩斐然。又过了两年,他开办了拉福商贸公司。20年后,拉福的资产从最初的20万美元发展到2亿美元。这位小伙子就是美国知名企业家比尔·拉福。

智慧箴言

　　成功不是偶然的,大多数人成功是因为他们坚韧不拔,一步一个脚印为自己的成功披荆斩棘,架桥修路。

激励
一生的成败故事

神 秘 之 结

公元前 223 年冬天，马其顿亚历山大大帝进兵亚细亚。当他到达亚细亚的弗尼吉亚城时，听说城里有个著名的预言：几百年前，弗尼吉亚的戈迪亚斯王在其牛车上系了一个复杂的绳结，并宣告谁能解开它，谁就会成为亚细亚王。自此以后，每年都有很多人来看戈迪亚斯打的结。各国的武士和王子都来试解这个结，可总是连绳头都找不到，他们甚至不知道从何处着手，大多数人只是看看而已，从没有一个人静下心来想方设法解开这个难解之结。亚历山大对这个预言非常感兴趣，命人带他去看这个神秘之结。幸好这个结尚完好地保存在朱皮特神庙里。

亚历山大仔细观察着这个结，许久许久，始终连绳头都找不着，亚历山大不得不佩服戈迪亚斯王。这时，他突然想到：为什么不用自己的行动规则来解开这个绳结呢？于是，亚历山大拔出剑来，对准绳结，狠狠地一剑把绳结劈成了两半，这个保留了数百载的难解之结，就这样轻易地被解开了。

实践是伟大的揭发者，它暴露一切欺人和自欺。行动，也只有行动,才是医治"行动恐惧症"的唯一良方。亚历山大不墨守成规,找准目标,一切先行动起来,不仅解开了数百载的绳结,也注定了他必然成为亚细亚王。

拿破仑曾经说过:"想得好是聪明,计划得好更聪明,做得好是最聪明又最好!"任何伟大的目标、伟大的计划,最终必然落实到行动上,成功开始于明确的目标,成功开始于心态,但这只相当于给你的赛车加满了油。弄清了前进的方向和路线,要抵达目的地,还得把车开动起来,并保持足够的动力。

智慧只是理论而不付诸实践,犹如一朵重瓣的玫瑰,虽然花色艳丽,香味馥郁,凋谢了却没有种子。

——叔本华

跳出死胡同

著名的心算家阿伯特·卡米洛从来没有失算过。

这一天他做表演时，有人上台给他出了道题："一辆载着283名旅客的火车驶进车站，有87人下车，65人上车；下一站又下去49人，上来112人；下一站又下去37人，上来96人；下一站又下去74人，上来69人；再下一站又下去17人，上来23人……"

那人刚说完，心算大师便不屑地答道："小儿科！告诉你，火车上一共还有——"

"不，"那人拦住他说，"我是请您算出火车一共停了多少站口。"

阿伯特·卡米洛呆住了，这组简单的加减法成了他的"滑铁卢"。

真正"滑铁卢"的失败者拿破仑也有一个故事。

拿破仑被流放到圣赫勒拿岛后，他的一位善于谋略的密友通过秘密方式给他捎来一副用象牙和软玉制成的国际象棋。拿破仑爱不释手，从此一个人默默下起了象棋，打发着寂窦痛苦的时光。象棋被摸光滑了,他的生命也走到了尽头。

　　拿破仑死后,这副象棋经过多次转手拍卖。后来一个拥有者偶然发现,有一枚棋子的底部居然可以打开,里面塞有一张如何逃出圣赫勒拿岛的详细计划!

　　两个故事,两个遗憾。

　　人如果形成了习惯的思维定式,就会习惯地顺着定势的思维思考问题,不愿也不会转个方向、换个角度想问题,这是很多人的一种顽固的"难治之症"。

出路与退路

古希腊著名演说家戴摩西尼年轻的时候为了提高自己的演说能力,躲在一个地下室练习口才。由于耐不住寂寞,他时不时就想出去遛达遛达,心总也静不下来,练习的效果很差。无奈之下,他横下心,挥动剪刀把自己的头发剪去一半,变成了一个怪模怪样的"阴阳头"。这样一来,因为头发羞于见人,他只得彻底打消了出去玩的念头,一心一意地练口才,演讲水平突飞猛进。正是凭着这种专心执着的精神,戴摩西尼最终成为了世界闻名的大演说家。

1830 年,法国作家雨果同出版商签订合约,半年内交出一部作品,为了确保能把全部精力放在写作上,雨果把除了身上所穿毛衣以外的其他衣物全部锁在柜子里,把钥匙丢进了小湖。就这样,由于根本拿不到外出要穿的衣服,他彻底断了外出会友和游玩的念头,一头钻进小说里,除了吃饭与睡觉,从不离开书桌,结果作品提前两周脱稿。而这部仅用 5 个月时间就完成的作品,就是后来闻名于世的文学巨著《巴黎圣母院》。

激励一生的成败故事

    人们最出色的工作往往是在处于逆境的情况下做出的。思想上的压力，甚至肉体上的痛苦都可能成为精神上的兴奋剂。

——贝弗里奇

感激冤家和对手

　　竞争对手往往会成为你的前进动力,让我们看看下面这个故事:

　　乔治·巴顿中校是美国最优秀的坦克防护装甲专家,他接受研制 M1A2 型坦克装甲的任务后,立即找来了一位"冤家"做搭档——毕业于麻省理工学院的著名破坏力专家迈克·马茨工程师。两人各带一个研究小组开始工作,所不同的是,巴顿带的是研制小组,负责研制防护装甲;迈克·马茨带的则是破坏小组,专门负责摧毁巴顿已研制出来的防护装甲。

　　刚开始的时候,马茨总是能轻而易举地将巴顿研制的新型装甲炸个稀巴烂,但随着时间的推移,巴顿一次次地更换材料、修改设计方案,终于有一天,马茨使尽浑身解数也未能奏效。于是,世界上最坚固的坦克在这种近乎疯狂的"破坏"与"反破坏"试验中诞生了,巴顿与马茨这两个技术上的"冤家"也因此而同时荣获了紫心勋章。

　　巴顿中校事后说:"事实上,问题是不可怕的,可怕的是不知道问题出在哪里,于是我们英明地决定"请"马茨做欢喜冤家,尽可能地激将他帮我们找到问题,从而更好地解决问题,这方面他真是很棒,帮了我们大忙。"

激励一生的成败故事

智慧箴言

　　有位动物学家对生活在非洲奥兰沿河两岸的动物考察中,发现了一个十分奇怪的现象,生活在河东岸的羚羊繁殖力和奔跑力比西岸的要强六倍。经观察,这个谜底终于揭开:东岸的羚羊所以强健,是因为附近生活着一个狼群,这些羊群天天生活在一种"危险氛围"中,为生存,反而越活越有"战斗力"。这则故事告诉我们一个道理:有了对手才会有竞争、有发展,对手往往带给我们的是意想不到的收获,没有竞争就没有发展,不要害怕对手,要真心欢迎对手。

妥协的艺术

松下幸之住在创立自己的公司后，对公司员工的要求非常严格，每次大的决策势必亲自参加。但是他并不是一个只看中自己，完全不听取其他人意见的人。

在一次决策会上，松下对一位部门经理说："我个人要做很多决定，并要批准他人的很多决定，实际上只有40％的决策是我真正认同的，余下的60％是我有所保留的，或我觉得过得去的。"经理觉得很惊讶，假使松下不同意的事，大可一口否决就行了，完全没有必要征求旁人的意见。

松下接着说："我不可以对任何事都说不，对于那些我认为算是过得去的计划，大可在实行过程中指导它们，使它们重新回到我所预期的轨道上来。我想一个领导人有时应该接受他不喜欢的事，因为任何人都不喜欢被否定。我们公司是一个团队，并不仅仅是我一个人的公司，需要大家的群策群力，妥协有时候使公司强大、人际关系融洽。"一番话让这个经理感动不已。

激励一生的成败故事

激励一生的成败故事

在现代生活中,善于妥协既是一种明智,又是一种美德。能够妥协,意味着对对方利益的尊重。意味着将对方的利益看得和自身利益同样重要。在个人权利日趋平等的现代生活中,人与人之间的尊重是相互的。只有尊重他人,才能获得他人的尊重。因此,善于妥协就会赢得别人更多的尊重,成为生活中的智者和强者。

唯有成功不可复制

这是一位少年的有趣经历：

一、6岁时，一位非洲的主教跟他一块儿玩了一下午的滚球，他觉得从来没有一位大人对他这么好过，认为黑人是最优秀的人种。

二、8岁那年，他有了一个嗜好，喜欢问父亲的朋友有多少财产，大部分人都被他吓了一跳，只好昏头昏脑地告诉他。

三、上小学时，他常常花一整天时间偷看大姐的情书，从来没有被发觉。

四、他天生哮喘，夜里总是辗转难眠，白天又异常疲惫，这个病一直折磨着他。他对很多东西都有恐惧症，比如大海。

五、他恳求父亲带他去钓鱼，父亲说："你没有耐心，带你去你会把我弄疯的。"也由于没有耐性，他成了牛津大学的肄业生。

六、老师问他拿破仑是哪国人，他觉得有诈，自作聪明的改以荷兰人作答，结果遭到了不准吃晚饭的惩罚。

七、他总觉得自己的智商只比天才低一点，结果一测试，只有96,只是普通人的正常智商。

下面,我们再来看一位伟大人物的传奇:

一、他一生朋友无数,他曾列了一个有50个名字的挚友清单,包括美国国防部部长、纽约的著名律师、报刊总编以及女房东、农场的邻居、贫民区的医生等等。

二、二战期间,在他31岁时,他为了帮助自己的祖国,服务于英国情报局,当了几年的间谍。

三、38岁时,他记起祖父从一个失败的农夫成为一名成功的商人,于是决定效仿。没有文凭的他,以6000美元起家,创办了全球最大的广告公司,年营业额达数十亿美元。

四、他曾自嘲:"只要比竞争对手活得长,你就赢了。"他活了88岁。

五、他一生都在冒险,大学没读完,就跑到巴黎当厨师,继而卖厨具,到美国好莱坞做调查员,随后又作了间谍、农民和广告人。晚年隐居于法国古堡。

六、他敢于想象,设计了无数优秀的广告词,至今仍在使用。

七、他说:"永远不要把财富和头脑混为一谈,一个人赚很多钱和他的头脑没有多大关系。"

那位少年和伟人是一个人,名字叫作大卫·奥格威,奥美广告公司创始人。

从上述两个例子来看,便会发现它们之间没有所谓成功的必然规律:有的可以牵强地联系起来,比如偷看情书为当间谍作了铺垫,对财富的欲望导致日后开了广告公司,天性友善适合结交朋友;有的则完全相反,没有耐性却创造了伟业,身体不好却长寿,智商不高却有着惊人的智慧。当然,我们也可以不一一对应。可是,你看了这位少年的有趣经历一定能断定他会成为伟大人物吗?

有位著名的企业家说:"市场永远不变的法则就是永远在变。"有位著名的人类学家说:"估量命运的秘诀就是不可估量。"我们不能机械地理解规律,因为,我们总在不断的改变。如果真能准确地预测未来,未来还有什么价值呢?

19

成功是不可复制的,每个人都有自己的行为方式,今天的人们急于求成,总想走一条成功的捷径,怀抱着所谓的成功法则,踩着成功人士的脚印,小心翼翼地向前迈进。结果没有靠近理想,反而越走越远。

激励一生的成败故事

 低 姿 态

在秦始皇陵兵马俑博物馆，有一尊被称为"镇馆之宝"的跪射俑。跪射俑被称为兵马俑中的精华，中国古代雕塑艺术的杰作。陕西省就是以跪射俑作为标志的。

这尊跪射俑身穿交领右衽齐膝长衣，外披黑色铠甲，胫着护腿，足穿方口齐头翘尖履。头绾圆形发髻。左腿蹲曲，右膝跪地，右足竖起，足尖抵地。上身微左侧，双目炯炯，凝视左前方。两手在身体右侧一上一下作持弓弩状。据介绍：跪射的姿态古称之为坐姿。坐姿和立姿是弓弩射击的两种基本动作。坐姿射击时重心稳，用力省，便于瞄准，同时目标小，是防守或设伏时比较理想的一种射击姿势。秦兵马俑坑至今已经出土清理各种陶俑1000多尊，除跪射俑外，皆有不同程度的损坏，需要人工修复。而这尊跪射俑是保存最完整的，是唯一一尊未经人工修复的。仔细观察，就连衣纹、发丝都还清晰可见。

跪射俑为什么能保存得如此完整？这得益于它的低姿态。首先，跪射俑身高只有1.2米，而普通立姿兵马俑的身高

都在 1.8 至 1.97 米之间。兵马俑坑都是地下坑道式土木结构
建筑,当棚顶塌陷、土木俱下时,高大的立姿俑首当其冲,低姿
的跪射俑受损害就小一些。其次,跪射俑作蹲跪姿,右膝、右
足、左足三个支点呈等腰三角形支撑着上体,重心在下,增强
了稳定性,与两足站立的立姿俑相比,不容易倾倒、破碎。因
此,在经历了两千多年的岁月风霜后,它依然能完整地呈现在
人们面前。

智慧箴言

朗费罗说,坚忍是成功的一大因素。只要
在门上敲得够久,够大声,终必会把人唤醒的。

学会在适当的时候,保持适当的低姿态,绝
不是懦弱和畏缩,而是一种聪明的处世之道。

激励一生的成败故事

内部跳槽

激励
一生的成败故事

　　有一天晚上,索尼董事长盛田昭夫按照惯例走进职工餐厅与职工一起就餐、聊天。他多年来一直保持着这个习惯,以培养员工的合作意识和与他们的良好关系。

　　这天,盛田昭夫忽然发现一位年轻职工郁郁寡欢,满腹心事,闷头吃饭,谁也不理。于是,盛田昭夫就主动坐在这名员工对面,与他攀谈。几杯酒下肚之后,这个员工终于开口了:"我毕业于东京大学,有一份待遇十分优厚的工作。进入索尼之前,对索尼公司崇拜得发狂。当时,我认为我进入索尼,是我一生的最佳选择。但是,现在才发现,我不是在为索尼工作,而是为课长干活。坦率地说,我这位科长是个无能之辈,更可悲的是,我所有的行动与建议都得科长批准。我自己的一些小发明与改进,科长不仅不支持,不解释,还挖苦我癞蛤蟆想吃天鹅肉,有野心。对我来说,这名课长就是索尼。我十分泄气,心灰意冷。这就是索尼?这就是我的索尼?我居然要放弃了那份优厚的工作来到这种地方!"

　　这番话令盛田昭夫十分震惊,他想,类似的问题在公司内部员工中恐怕不少,管理者应该关心他们的苦恼,了解他们的处境,不能堵塞他们的上进之路,于是产生了改革人事管理制度的想法。之后,索尼公司开始每周出版一次内部小报,刊登公司各部门的"求人广告",员工可以自由而秘密地前去应聘,他们的上司无权阻止。另外,索尼原则上每隔两年就让员工调换一次工作,特别是对于那些精力旺盛,干劲十足的人才,不是让他们被动地等待工作,而是主动地给他们施展才能的机会。在索尼公司实行内部招聘制度以后,有能力的人才大多能找到自己较中意的岗位,而且人力资源部门可以发现那些"流出"人才的上司所存在的问题。

这种"内部跳槽"式的人才流动是要给人才创造一种可持续发展的机遇。在一个单位或部门内部,如果一个普通职员对自己正在从事的工作并不满意,认为本单位或本部门的另一项工作更加适合自己,想要改变一下却并不容易。许多人只有在干得非常出色,以致感动得上司认为有必要给他换个岗位时才能如愿,而这样的事普通人一辈子也难碰上几次。当职员们对自己的愿望常常感到失望时,他们的工作积极性便会受到明显的抑制,这对用人单位和职员本身都是一大损失。

索尼公司的内部跳槽制度就是这样,有能力的职员大都能找到自己比较满意的岗位,那些没有能力参与各种招聘的员工才会成为人事部门关注的对象,而且人事部门还可以从中发现一些部下频频"外流"的上司们所存在的问题,以便及

激励一生的成败故事

时采取对策进行补救。这样,公司内部各层次人员的积极性都被调动起来。当每个干部职工都朝着"把自己最想干的工作干好,把本部门最想用的人才用好"的目标努力时,企业人事管理的效益也就发挥到了极致。

　　总经理也好,部长乃至课长、班长也好,最重要的任务是造就部属充分发挥智能的环境。

　　　　　　　　　　　　——土光敏夫

肯德基的特殊顾客

美国肯德基国际公司的子公司遍布全球 60 多个国家,达 9900 多个。然而,肯德基国际公司在万里之外,又怎么能相信他的下属能循规蹈矩呢?

一次,上海肯德基有限公司收到了 3 份总公司寄来的鉴定书,对他们外滩快餐厅的工作质量分 3 次鉴定评分,分别为 83、85、88 分。公司中外方经理都为之瞠目结舌,这三个分数是怎么评定的? 原来,肯德基国际公司雇佣、培训一批人,让他们佯装顾客潜入店内进行检查评分。

这些"特殊顾客"来无影,去无踪,这就使快餐厅经理、雇员时时感到某种压力,丝毫不敢疏忽。

很多企业,老板与员工经常打游击战。当老板在的时候,就装模作样,表现卖力,似乎是位再称职不过的员工了;而等老板前脚刚走,底下的人就在办公室里大闹天宫了。很多老板,会在这个时候杀个回马枪,嘿嘿,刚好逮个正着。不过,这样也不是个长期办法,老板也没有这么多精力去跟员工玩游击战,主要还是制度的确立。如果建立了一套完善的制度,让员工意识到,无论任何时候,都须一如既往地认真工作,那么,底下的员工就不会钻空子翘懒了。

人自我检查一次容易,难在时时进行自我反省,时时给自己一点压力、一点提醒。领导者就需要充当这个提醒者,不时给员工一点压力、一点动力,以保持员工不懈的进取心。

成功是一种信念

日本的清酒与我国江南的黄酒比较类似,都是深受欢迎的普及型大众米酒。

但日本的米酒在明治之前是比较浑浊的,这是美中不足。很多人想了各种办法,却找不到使酒变清的法子。那时候,在大孤有一个名叫鸿池善右卫门的小商人,以制作和经营米酒为生。一天,他与仆人发生了口角。仆人怀恨在心,伺机报复。他在晚间将炉灰倒入做成的米酒桶内,想让这批米酒变成废品,叫主人吃亏。干完了小勾当,这个卑劣的仆人逃之夭夭。

第二天早晨,善右卫门到酒厂查看,发现了一个从未有过的现象,原来浑浊的米酒变得清亮了。再细看一下,桶底有一层炉灰。他敏锐地觉得这炉灰具有过滤浊酒的作用。他立即进行试验、研究。经过无数次的改进之后,终于找到了使浊酒变成清酒的办法,制成了后来畅销日本的清酒。

似乎善右卫门在"一念之间"就酿成了清酒。他的成功似乎是灵感乍现的结果,是神灵的格外恩赐。

27

这样的例子，还有许多。

被称为世界"假发之父"的富豪刘文汉，是靠餐桌上的一句话启发而灵感降临，一举发家的。1958 年，刘文汉到美国旅行。一天，他与两位美国人共进午餐。当谈到什么新行业可以在美国大行其道时，其中一个人开玩笑地说了一句"假发"。刘文汉眼睛一亮。这顿午餐成了刘文汉发家的起点，回到香港，他立即创办了假发工厂。假发业为他迎来一条广阔的致富之路。

真的，有一种成功，只在一念之间就能实现的，与这种成功相对的是另一种情况，即对成功孜孜以求，付出了太多的努力，成功却不肯光顾。似乎成功很偏心，对有些人特别青睐，对另一些人却特别刻薄。

事实真的是这样的吗？长此以往，米酒的浑浊一直是身为酒商的善右卫门的一桩心事，他肯定一直对此深以为憾，一心一意惦记着这米酒能变得清纯起来。所以当突然发现自己酒桶中的酒如梦想中那样清澈见底时，他的第一感觉是：酒在酒中的脏东西对酒具有沉淀功能，根本来不及思考是谁在搞破坏，就盯住这一巨大发现不放，这才最终酿成清酒。善右卫门制成清酒确属偶然，但这偶然是对善右卫门长期思索的最终报答，他的灵感乍现，是一颗热烈跳动的心换来的丰厚收获。还有刘文汉，他们成功的情形大致如此。不要因为努力一时不见结果而垂头丧气，更不要以为成功是神灵的恩赐而守株待兔。

　　成功者与失败者之间的区别,常在于成功
者能由错误中得益,并以不同的方式再尝试。

——爱默生

29

激励一生的成败故事

穷人最缺少的是什么

巴拉昂是一位年轻的媒体大亨,以推销装饰肖像画起家,在不到 10 年的时间里,迅速跻身于法国 50 大富翁之列,1998年因前列腺癌在法国博比尼医院去世。临终前,他留下遗嘱,把他 4.6 亿法郎的股份捐献给博比尼医院,用于前列腺癌的研究;另有 100 万法郎作为奖金,奖给揭开贫穷之谜的人。

巴拉昂去世后,法国《科西嘉人报》刊登了他的一份遗嘱。他说,我曾是一个穷人,去世时却是以一个富人的身份走进天堂的。在跨入天堂的门槛之前,我不想把我成为富人的秘诀带走,现在秘诀就锁在法兰西中央银行我的一个私人保险箱内,保险箱的三把钥匙在我的律师和两位代理人手中。谁若能通过回答穷人最缺少的是什么而猜中我的秘诀,他将能得到我的祝贺。当然,那时我已无法从墓穴中伸出双手为他的睿智而欢呼,但是他可以从那只保险箱里荣幸地拿走 100 万法郎,那就是我给予他的掌声。

遗嘱刊出之后,《科西嘉人报》收到大量的信件,有的骂巴拉昂疯了,有的说《科西嘉人报》为提升发行量在炒作,但是多数人还是寄来了自己的答案。

绝大部分人认为,穷人最缺少的是金钱,穷人还能缺少什么?当然是钱了,有了钱,就不再是穷人了。还有一部分人认为,穷人最缺少的是机会。一些人之所以穷,就是因为没遇到好时机,股票疯涨前没有买进,股票疯涨后没有抛出,总之,穷人都穷在背时上。另一部分人认为,穷人最缺少的是技能。现在能迅速致富的都是有一技之长的人,一些人之所以成了穷人,就是因为学无所长。还有的人认为,穷人最缺少的是帮助和关爱。每个党派在上台前,都给失业者大量的许诺,然而上台后真正爱他们的又有几个?另外还有一些其他的答案,比如:穷人最缺少的是漂亮,是皮尔·卡丹外套,是《科西嘉人报》,是总统的职位,是沙托鲁城生产的铜夜壶等等,总之,五花八门,应有尽有。

巴拉昂逝世周年纪念日,律师和代理人按巴拉昂生前的交代在公证部门的监视下打开了那只保险箱,在 48 561 封来信中,有一位叫蒂勒的小姑娘猜对了巴拉昂的秘诀。蒂勒和巴拉昂都认为穷人最缺少的是野心,即成为富人的野心。在颁奖之日,《科西嘉人报》带着所有人的好奇,问年仅 9 岁的蒂勒,为什么想到是野心,而不是其他的。蒂勒说:"每次,我姐姐把她 11 岁的男朋友带回家时,总是警告我说不要有野心!不要有野心! 我想,也许野心可以让人得到自己想得到的东西。"

巴拉昂的谜底和蒂勒的问答见报后,引起不小的震动,这

激励 一生的成败故事

种震动甚至超出法国,波及英美。前不久,一些好莱坞的新贵宾和其他行业几位年轻的富翁就此话题接受电台的采访时,都毫不掩饰地承认:野心是永恒的特效药,是所有奇迹的萌发点。

智慧箴言

　　成功需要一定的野心,人类通过拥有"野心",可以有力量攫取更多的资源,某些人之所以贫穷,大多是因为他们有一种无可救药的弱点,即缺乏野心。

敲门就进去

一个姑娘经历了诸多的失败与挫折,怎么也找不到成功的方法,很是迷茫。一次,她到美国旅游,在旧金山市政厅参观的时候,信步漫游到市长办公室门口,她不由自主地敲了门,谁知,一个壮实威严的保镖走了出来,惊问道:"小姐,我能帮你什么吗?"她愣住了,不知该怎么回答。顿了一会,心想,既然敲了门,那就进去看看吧。她精神十足地对保镖说:"我能进去看看市长吗?"

保镖仔细打量了她一番,说道:"可以啊,不过,你得稍等片刻。"说罢,他用监视器和市长通话,联系见面的时间和地点。不一会儿,那个胖嘟嘟的市长,大腹便便地走了出来,很高兴地和她一直拍照、聊天,像一对神交已久的忘年交。那一次,她特别开心,心情很好。

美国之行后,她悟出了一个道理:敲门就进去。再后来,她终于找到成功的入口。她就是央视《说名牌》双胞胎美女主持人之一马嵘乔。

33

不管你决定做什么,不管你为自己的人生设定了多少目标,决定你成功的永远是你自己的行动。只有行动赋予生命以力量,只有你的行动,决定你的价值。

苍蝇逃生的启迪

　　美国康奈尔大学的威克教授曾做过一个实验:把几只蜜蜂放进一个平放的瓶子中,瓶底向着有光的一方,瓶口敞开。但见蜜蜂们向着有光亮处不断飞动,不断撞在瓶壁上。最后当他们明白,自己永远都飞不出这个瓶底时,于是不愿再浪费力气,它们停在光亮的一面,奄奄一息。

　　威克教授于是倒出蜜蜂,把瓶子按原样放好,再放入几只苍蝇。不到几分钟,所有的苍蝇都飞出去了。原因很简单,苍蝇们并不朝着一个固定的方向飞行,它们会多方尝试,向上、向下、向光、背光,一方通立刻改变方向,虽然免不了多次碰壁,但它们最终会飞向瓶颈,并顺着瓶口飞出。它们用自己的不懈努力改变了像蜜蜂那样的命运。

35

激励一生的成败故事

激励
一生的成败故事

横冲直撞总比坐以待毙要高明得多。成功并没有什么秘诀，就是在行动中尝试、改变，再尝试、再改变……直到成功。有的人成功了，只因为他比我们犯的错误、遭受的失败更多。

敲打吊着的铁球

全国著名的推销大师,即将告别他的推销生涯,应行业人士和社会各界的邀请,他将在该城中最大的体育馆,做告别职业生涯的演说。

那天,会场座无虚席,人们在热切地、焦急地等待着。当大幕徐徐拉开,舞台的正中央吊着一个巨大的铁球。为了这个铁球,台上搭起了高大的铁架。

一位老者在人们热烈的掌声中走了出来,站在铁架的一边。人们惊奇地望着他,不知道他要做出什么举动。这时两位工作人员抬着一个大铁锤,放在老者的面前。主持人这时对观众讲:请两位身体强壮的人到台上来。转眼间已有两名动作快的跑到台上。

老人对他们说,请他们用这个大铁锤,去敲打那个吊着的铁球,直到把它荡起来。

一个年轻人抢着拿起铁锤,一声震耳的响声,那吊球一动不动。他用大铁锤接二连三地砸向吊球,很快就气喘吁吁。另一个人也不示弱,接过大铁锤把吊球打得叮当响,可是铁球仍旧纹丝不动。

台下逐渐没了呐喊声,观众们认定那是没用的。

这时,老人笑了笑,他掏出了一个小锤,然后认真地面对着那个巨大的铁球"咚"敲了一下,人们奇怪地看着,老人就那样敲一下,停顿一下,就这样持续地做。

10分钟过去了,20分钟过去了,会场早已开始骚动,有的人干脆叫骂起来,人们用各种声音和动作发泄着他们的不满。老人仍然用小锤不停地工作着,根本不在意人们的反应。观众开始愤然离去,会场上出现了大块大块的空缺。留下来的人们好像也喊累了,会场渐渐地安静下来。

大概在老人进行到40分钟的时候,坐在前面的一个妇女突然尖叫一声:"球动了!"刹那间会场鸦雀无声,人们聚精会神地看着那个铁球。那球以很小的摆度动了起来。老人仍旧一小锤一小锤地敲着,吊球在老人一锤一锤的敲打中越荡越高,它拉动着那个铁架子"咣、咣"作响,它的巨大威力强烈地震撼着在场的每一个人。终于场上爆发出一阵阵热烈的掌声。

在掌声中,老人转过身来,慢慢地把那把小锤揣进兜里。他只说了一句话:在成功的道路上,你没有耐心去等待成功的到来,那么,你只好用一生的耐心去面对失败。

伟大人物的最明显的标志,就是他坚强的意志,不管环境变换到何种地步,他的初衷与希望仍不会有丝毫的改变,并最终能克服障碍,达到期望的目的。

——爱迪生

39

激励一生的成败故事

目标的威力

激励一生的成败故事

　　哈佛大学有一个非常著名的关于目标对人生影响的跟踪调查。对象是一群智力、学历、环境等条件差不多的年轻人，调查结果发现：

　　27％的人没有目标；

　　60％的人目标模糊；

　　10％的人有清晰但比较短期的目标；

　　3％的人有清晰且长期的目标。

　　25年的跟踪研究结果，他们的生活状况及分布现象十分有意思。

　　那些占3％者，25年来几乎都不曾更改过自己的人生目标。25年来他们都朝着同一方向不懈地努力，25年后，他们几乎都成了社会各界的顶尖成功人士，他们中不乏白手创业者、行业领袖、社会精英。

　　那些占10％有清晰短期目标者，大都生活在社会的中上层。他们的共同特点是，那些短期目标不断被达成，生活状态稳步上升，成为各行各业的不可缺的专业人士。如医生、律师、工程师、高级主管,等等。

其中占 60% 的模糊目标者,几乎都生活在社会的中下层,他们能安稳地生活与工作,但都没有什么特别的成绩。

剩下 27% 的是那些 25 年来都没有目标的人群,他们几乎都生活在社会的最底层。他们的生活都过得不如意,常常失业,靠社会救济,并且常常都在抱怨他人,抱怨社会,抱怨世界。

一个人要想干好一件事情,成就一番事业,就必须心无旁骛、全神贯注地追逐既定的目标。选择一个目标并坚持下去——这一步路,就将改变一切。

激励一生的成败故事

等待第二个春天

一则流传在日本的故事，说的是叫阿呆和阿土两个人，他们都是老实巴交的渔民，却都梦想着成为大富翁。有一天，阿呆做了一个梦，梦里有人告诉他，对岸的岛上有座寺，寺里种有 49 棵朱槿，其中开红花的一株下便埋有一坛黄金。阿呆便满心欢喜地驾船去了对岸的小岛。岛上果然有座寺，并种有 49 棵朱槿。此时已是秋天，阿呆便住了下来，等候春天的花开。肃杀的隆冬一过，朱槿花一一盛开了，但都是清一色的淡黄。阿呆没有找到开红花的那一株。庙里的僧人也告诉他从未见过哪棵朱槿开红花。阿呆便垂头丧气地驾船回到了村庄。

后来，阿土知道了这件事，他就用几文钱向阿呆买下了这个梦。阿土也去了那座岛，并找到了那座寺。又是秋天，阿土也住下来等候花开。第二年春天，朱槿花凌空怒放，寺里一片灿烂。奇迹就在此时发生了：果然有一株朱槿盛开出美丽绝伦的红花。阿土激动地在树下挖出了一坛黄金。后来，阿土成了村庄里最富有的人。

这个故事在日本流传了近千年。今天的我们为阿呆感到遗憾：他与富翁的梦想只隔一个冬天。他忘了把梦带入第二个灿烂花开的春天，而那足可令他一世激动的红花就在第二个春天盛开了！阿土无疑是个聪明者：他相信梦想，并且等待另一个春天！

　　我们的人生充满着梦想，然而我们总是习惯于守候第一个春天，面对第一个季节的空无，我们往往轻率地将第二个春天弃之于门外，将梦交归于梦。

　　梦想之花垂青的总是那些有耐心、执着追求的人。

激励一生的成败故事

多坚持一刻

　　传说,有两个人偶然与神仙邂逅,神仙教授他们酿酒之法,叫他们选端阳那天成熟、饱满起来的大米,与冰雪初融时高山飞瀑、流泉的水珠调和了,注入千年紫砂土烧制成的陶瓮,再用初夏第一张沐浴朝阳的新荷裹紧,密闭七七四十九天,直到凌晨鸡叫三遍后方可启封。

　　像每一个传说里的英雄一样,他们牢记神仙的秘方,历尽千辛万苦,跋涉千山万水,风餐露宿,胼手胝足地找齐了所有必需的材料,把梦想和期待一起调和密封,然后潜心等候着那激动人心、注定要到来的一刻。

　　时间一天天地过去了,多么漫长的守护啊。当第四十九天姗姗到来时,即将开瓮的美酒使两人兴奋得整夜都不能入睡,他们彻夜都竖起耳朵准备聆听鸡鸣的声音。终于,远远地,传来了第一声鸡啼,悠长而高亢。又过了很久很久,依稀响起了第二声,缓慢而低沉。等啊等啊,第三遍鸡啼怎么来得那么慢,它什么时候才会响起啊?其中一个再也按捺不住了,他放弃了再忍耐,迫不及待地打开了陶瓮,但结果,却让他惊呆了——里面是一汪水,混浊,发黄,像醋一样酸,又仿佛破胆一般苦,还有一股难闻的怪味……怎么会这样?他懊悔不已,但一切都不可挽回,即使加上他所有的跺脚、自责和叹息。最后,他只有失望地将这汪水倒洒在地上。

而另外一个人,虽然心中的欲望像一把野火熊熊燃烧,烧烤得他好几次都想伸手掀开瓮盖,但刚要伸手,他却咬紧牙关挺住了,直到第三声鸡啼响彻云霄,东方一轮红日冉冉升起——啊,多么清澈甘甜、沁人心脾的琼浆玉液啊!

智慧箴言

　　许多成功者,他们与失败者的唯一区别,往往不是更多的劳动和孜孜不倦地流血流汗,也不是多么聪明过人的头脑和谋略,而只在于他们的韧性和耐心,在于他们多坚持了那一刻。

激励一生的成败故事

一粒糖果的诱惑

　　这是一个寂静的午后。苹果花的香味,弥漫在美国得克萨斯州的一个镇小学的校园里。其中一个班的 8 个学生,被老师带到了校长旁边的一间很大的空房里。玻璃窗明晃晃的耀眼,鸟儿飞过的痕迹也能看得清清楚楚,正当学生们强按住内心的好奇,凝神等待着将要发生的一切时,老师领着一个陌生的中年男子走了进来。

　　他和蔼地来到孩子们中间,给每个人都发了一粒包装十分精美的糖果,并告诉他们:这糖果属于你的,可以随时吃掉,但如果谁能坚持等我回来以后再吃,那就会得到两粒同样的糖果作为奖励。说完,他和老师一起转身离开了这里。

　　等待是漫长的,许诺是遥远的,而那颗糖果却真真切切地摆在每个孩子的面前。

　　时间一分一秒地过去了。这颗糖果对孩子们的诱惑也越来越大,伴随着窗外苹果花的芬芳,这种诱惑几乎不可抗拒。

　　有一个孩子剥掉了精美的糖纸,把糖放进嘴里并发出"啧啧"的声音。受他的影响,有几个孩子忍不住了,纷纷剥开了精美的糖纸。但仍有一半以上的孩子在千方百计地控制着自己，一直等到那陌生人回来。那是一个比暑假还漫长的 40 分钟。但陌生人最终实现了自己的承诺，那些付出等待的孩子得到了应有的奖励。

　　事实上，这是一次叫作"延迟满足"的心理实验。后来，那个陌生人跟踪这些孩子整整 20 年。他发现，能够"延迟满足"的学生，数学、语文的成绩要比那些熬不住的学生平均高出 20 分。参加工作后，他们从来不在困难面前低头，总是能走出困境获得成功。

47

智慧箴言

　　一个人应当摒弃那些诱人的杂念，全神贯注地走自己脚下的人生之路。抵御唾手可得的诱惑，期待通过努力才能得到的许诺，并不是一件容易的事情。对照现实生活，再遇到同样的问题，或许就不难作出正确的选择。

激励一生的成败故事

偶然的成功

哈姆威是西班牙大马士革城的一个制作糕点的小商贩。在北美狂热的移民中,他也怀着掘金的心态来到了美国。

但美国并非他想象中的遍地是金,他的糕点在西班牙出售和在美国出售,根本没有多大的区别。

1904 年夏天,哈姆威知道美国即将举行世界博览会,他把自己的糕点工具搬到了会展地点路易斯安那州。庆幸的是,他被政府允许在会场的外面出售他的薄饼。

他的薄饼生意实在糟糕,而和他相邻的一位卖冰淇淋的商贩的生意却很好,一会儿就售出了许多冰淇淋,很快他把带来的用来装冰淇淋的小碟子用完了。

心胸宽广的哈姆威见状,就把自己的薄饼卷成锥形,让它来盛放冰淇淋。

卖冰淇淋的商贩见这个方法可行,便要了哈姆威的薄饼,大量的锥形冰淇淋便进入客商们的手中。

但令哈姆威意料不到的是,这种锥形的冰淇淋被客商们看好,而且被评为"世界博览会的真正明星"。

从此,这种锥形冰淇淋开始大行其道,这就是现在的蛋卷冰淇淋。它的发明被人们称为"神来之笔",有人这样假设,如果两个商铺不靠在一起,那么今天我们能不能吃上蛋卷冰淇淋也很难说。

在现在知名的食物中,炸薯条的发明也是这样的"神来之笔"。美国印第安人克鲁姆是餐厅中的厨师,有一天来了几个法国客人,他们嫌他制作出来的油炸食物太厚太硬。克鲁姆知道后很生气,他随手拿过一只马铃薯,切成很薄的片,扔到了油锅里。起锅后就送到法国客人的桌上。谁知客人一吃,大呼好吃。从此这种炸薯片风行开来,最后成为肯德基、麦当劳首推的主食。

49

智慧箴言

不要忽略你生活中偶然发生的小事,可能它就是你走向成功的开始。

激励一生的成败故事

神奇的陪练

　　有一位加拿大长跑教练,以在很短时间内培养出了几位长跑冠军而闻名。然而,谁也没有想到,他成功的秘密是因为有一个神奇的陪练,而这个陪练不是一个人,是一只凶猛的狼!

　　决定用狼做陪练是这样发生的。因为他训练队员的项目是长跑,所以他一直要求他的队员从家里来时一定不要借助任何交通工具,必须自己一路跑来。他的一个队员每天来都是最后一个,而他的家还不是最远的。他甚至都告诉他让他改行去干别的,不要在这里浪费时间了。但是,突然有一天,他的这个队员竟比其他人早到了 20 分钟,他知道他离家的时间,他算了一下,惊奇地发现这个队员今天的速度几乎可以超过世界纪录。他见到这个队员的时候,他正气喘吁吁地向他的队友们描述着他今天的遭遇。原来,他在离开家不久,经过一段有五公里的野地时,遇到了一只野狼。那野狼在后面拼命地追他,他拼命地在前面跑,竟把野狼给甩下了。

　　教练明白了,这个队员今天超常的成绩是因为他有了一个可怕的敌人，这个敌人使他把自己所有的潜能都发挥了出来。从此，他聘请了一个驯兽师，找来几只狼，每当训练的时候，就把狼放开。没有多长时间，他的队员的成绩都有了大幅度的提高。

日本的游泳运动一直处于领先地位。有人说，他们训练的方法也有着神奇的秘密。一个到过日本的游泳训练馆的人惊奇地发现，日本人在游泳馆里养着很多鳄鱼。后来，他探询到了这个秘密。在训练的时候，队员跳下水之后，教练就会把几只鳄鱼放到游泳池里。几天没有吃东西的鳄鱼见到活脱脱的人，立即兽性大发，拼命追赶运动员。而运动员尽管知道鳄鱼的大嘴已经被紧紧地缠住了，但看到鳄鱼的凶相，还是条件反射似的拼命往前游。

无论是那个加拿大人还是日本人，无疑都掌握了这样一个道理：敌人的力量会让一个人发挥出巨大的潜能，创造出惊人的成绩，尤其是当敌人大到足以威胁你生命的时候。敌人就在你的身后，你一刻不努力，就会有生命危险。

我们中的许多人，在日常的生活中，却犯了这样一个致命的错误：总在诅咒我们的敌人，或总在庆幸自己没有遇到可怕的敌人，或者因为自己遇到了敌人而失魂落魄。这恰恰错了。我们应该为自己有一个敌人或者是强大的敌人而庆幸，为自己遇到艰难的境遇而庆幸，因为这正是你脱颖而出的机会！

激励一生的成败故事

在漫漫人生路上,当我们难于驾驭自己的惰性和欲望,不能专心致志地前行时,不妨斩断退路,逼着自己全力以赴地寻找出路,往往只有不留下退路,才更容易赢得出路,最终走向成功。

不 拘 小 节

为了准备人类第一次载人太空飞行，苏联宇航局从1960年3月开始招募宇航员，这期间训练了至少20名，最终选中了加加林。起决定作用的原因，就是在确定人选几周前的一个偶然事件。

在尚未竣工的陈列厂内，受训的宇航员们第一次看到东方号宇宙飞船。主设计师科罗廖夫问谁愿意试坐，加加林报了名。在进入飞船前，加加林脱下了鞋子，只穿袜子进入还没有舱门的座舱。这一举动赢了科罗廖夫的好感。他发现这名27岁的青年人如此珍爱他为之倾注心血的飞船，于是决定让加加林执行这次飞行。

加加林脱鞋进舱这个细小的动作，赢得了"一步登天"的机遇。这也反映了加加林洁身自爱、尊重他人的品格。

在德国有一位留学生，毕业时成绩优异，他在当地向许多跨国公司投了自己的资料，可都被拒绝了。他最后选了一家小公司去求职，没想到仍被拒绝。他有些愤怒了，于是，招聘人给他看了一份记录：他乘坐公共汽车曾被抓过3次逃票。

德国抽查逃票一般被查到的概率是万分之三,这位高材生居然被抓住3次,在以认真严谨著称的德国人看来,是不可饶恕的。

这位留学生在车票这件小事上欺人自欺,最终咎由自取。"慎易以避难,敬细以远大。""图大者,当谨于微。"

水滴可以石穿,涓涓细流可以汇聚成大海。从小事小节做起,把小事做精,把小节的魅力攒足,才能驶向成功与辉煌。

花瓶与木桶

如果花瓶碎了,怎么办?大多数人的做法是,把碎片扔掉!

且一扔了事,干脆利索,全然不曾思考与之有关的规律。

那么,这里头有规律吗?

有。这就是,将碎片按大小排列并称过重量后即可发现:10~100克的最少,1~10克的稍多,0.1~1克的和0.1以下的最多!尤其有趣的是,这些碎片的重量之间有着严整的倍数关系,即:最大碎片与次大碎片的重量比为 16:1,次大碎片与中等碎片的重量比为 16:1,中等碎片与较小碎片的重量比是 16:1,较小碎片与最小碎片的重量比也是 16:1。于是,发现这一倍比关系的人便将此规律用于考古或天体研究,从而由已知文物、陨石的残肢碎片推测它的原状,并迅速恢复它们的原貌!

这位极善思考的聪明人,就是丹麦科学家雅各布·博尔!

可是,我们做到了吗?没有。

打碎瓶子的经历,我们肯定有过,可是,当包含其间的规律从我们的身边淘气地溜走时,我们拥抱过它吗?

没有！就因为迟钝！

如此看来，花瓶碎了并不可怕，可怕的是：千万别一不留神，把我们的聪明打碎了！

有位奥地利医生叫奥斯布鲁格，他父亲是个卖酒的，为了判明高大的酒桶里还有没有酒，这位父亲经常用手在桶外头敲敲，然后由声音判定桶里还有多少酒，是满桶还是空桶。父亲的这一做法启发了他，他便由此推论，人的胸腔腹腔不也像只桶吗？医生敲敲病人的胸腔腹腔并细心听听，不就可以由声音判明他的病情了吗？于是细细钻研，认真总结，终于发明了著名的诊病方法——叩诊。

有人更聪明，由木桶而提出了著名的"木桶理论"，即：一只木桶盛水的多少，并不取决于桶壁上最高的那块木板，而恰恰取决于桶壁上最短的那块木板。只有桶壁上的所有木板都足够高，那木桶才能盛满水，反之，只有一块不够高度，木桶里的水就不可能是满的！怪不得人们常常大声疾呼要补缺补差抓落后环节，原来其意盖出于此。

如此看来，这个世界处处有哲学，瓶里有，桶里也有。

对于一个能思考的人来说，没有一个地方是荒凉偏僻的，在任何环境中，他都能发现规律，都能充实和丰富自己。

懂"吝啬"

迈克是纽约一家小报的普通记者。一个周末,他在一家不大的酒店里看见几位身份显赫的企业家从一个房间里走出,其中一位是福特。福特手里拿着一张菜单走向服务生,微笑道:"小伙子,你看看是不是有一点儿误差。"

服务生很自信地回答:"没有啊。"

"你再仔细算一算。"福特宴请的几位企业家已朝门口走去,他却很有耐心地站在柜台前。

看着福特认真的样子,服务生不以为然道:"是的,因为零钱准备得很少,我多收了您50美分,但我认为像您这样富有的人是不会在意的。"

"恰恰相反,我非常在意。"福特坚决地纠正道。

服务生只得低头花了一番辛苦凑够了50美分,递到一脸坦然的福特手中。

看着福特快步离去的背影,年轻的服务生低声嘀咕道:"真是小气,连50美分也这么看重。"

"不,小伙子,你说错了。他绝对是一个慷慨的人。"目睹了刚才那幕情景的迈克,抑制不住地站起来,"他刚刚向慈善机构一次捐出 5000 万美元的善款。"迈克拿出一张两周前的报纸,将上面的一则报道指给服务生看。

服务生不明白如此大方的福特,为何还要当着那么多朋友的面,去计较那区区的 50 美分。

"他懂得认真地对待属于自己的每一分钱,懂得取回属于自己的 50 美分和慷慨捐赠出 5000 万美元,是同样值得重视的。"后来,经过多年艰苦的打拼,迈克成为美国报界的名家,而那位服务生也成了芝加哥一家五星级酒店的老板。

事无大小,种一棵树与建一栋楼同样重要,我们没有理由不认真地对待眼前的每一件事,无论它多么重大还是多么微小。

如果你比对手更专注

　　比尔是个成功的演说家和作家,喜欢在闲暇时间观察鸟类。几年前,比尔买了一幢新房子,附近草木葱茏。入住后的第一个周末,他就在后院里装了个喂鸟器。就在当天日暮时分,一群松鼠弄倒了喂鸟器,吃掉里面的食物,把小鸟吓得四散而去。在接下来的两周里,比尔绞尽脑汁想出各种办法让松鼠远离喂鸟器,就差没有使用暴力了。但丝毫不起作用。

　　万般无奈之下,他来到当地一家五金店。在那儿他找到了一种与众不同的喂鸟器,带有铁丝网,还有个让人动心的名字,叫"防松鼠喂鸟器"。这回可保万无一失,他买下它并安装在后院里。但天黑以前,松鼠又大摇大摆地光顾了"防松鼠喂鸟器",照样把鸟儿吓跑了。

　　这回比尔拆下喂鸟器,回到五金店,颇为气愤地要求退货。五金店的经理回答说:"别着急,我会给你退货的,不过你要理解:这个世上可没有什么真正的防松鼠喂鸟器。"比尔惊奇地问:"你想告诉我,我们可以把人送到太空基地,可以在几秒钟之内把信息传到全球任何一个地方,但我们最尖端的科

激励一生的成败故事

学家和工程师都不能设计和制造出一个真正有效的喂鸟器，可以把那种脑子只有豌豆大的啮齿类小动物阻挡在外？你是想告诉我这个吗？"

"是啊，"经理说，"先生，要解释清楚，我得问你两个问题。首先，你平均每天花多少时间，让松鼠远离你的喂鸟器？"比尔想了一下，回答说："我不清楚，大概每天 10 到 15 分钟吧。"

"和我猜的差不多，"那位经理说，"现在，请回答我第二个问题：你猜那些松鼠每天花多少时间来试图闯入你的喂鸟器呢？"

比尔马上会意：在松鼠醒着的每时每刻。

原来松鼠不睡觉的时候，98％的时间都用于寻找食物。在专一的用心面前，智慧的大脑、优势的体格节节败退！

只有专注，才能心无旁骛，投入所有的时间，发挥所有的才干。专注汇聚力量，它能穿透所有的障碍而直达目标。

看到哪里，我们就去哪里

一个赛车手，他们如何通过那些紧要关头而不会撞到任何东西呢？他们的回答是，"看你想去的地方，不要看你不想去的地方"。如果你看着墙壁，很可能你就会撞上去。

集中注意力放在生活中你想要的东西上，忘掉你不想要的。人们经常花大部分的时间和精力想着他们期望摆脱的事情——我想减 10 磅，或者他们不想的事情——我期望没有这些账单。要反过来试着把注意力放在你想做的事情上。

在空中表演的跳伞员能够在半空中"连起来"，是借着直视他们想要联结的对象的眼睛。他们的身体自动彼此拉近。

看看猫是怎么跳那么高的——首先，它坐下来用心看着落脚的顶端，仿佛它所有的注意力都在那儿；然后它忽然跳上高出自己 20 倍的地方，简简单单、毫不费力。行动的原则也是如此，要信心十足地向目标迈进。

约瑟夫·莫瑞说："看到哪里，我们就去哪里。"

激励一生的成败故事

树人文库

激励
一生的成败故事

不管你的目标是到达生命中想到的地方，或只是跳上一个更高的台阶，你必须集中所有的注意力。另外一个不能忽视的要素是信心，猫有信心相信自己不会摔得鼻青脸肿，我们更应该如此。

不要犹豫

有一个 6 岁的小男孩,一天在外面玩耍时,发现了一个鸟巢被风从树上吹掉在地,从里面滚出了一个嗷嗷待哺的小麻雀。小男孩决定把它带回家喂养。

当他托着鸟巢走到家门口的时候,他突然想起妈妈不允许他在家里养小动物。于是,他轻轻地把小麻雀放在门口,急忙走进屋去请求妈妈。在他的哀求下妈妈终于破例答应了。

小男孩兴奋地跑到门口,不料小麻雀已经不见了,他看见一只黑猫正在意犹未尽舔着嘴巴。小男孩为此伤心了很久。但从此他也记住了一个教训:只要是自己认定的事情,决不可优柔寡断。这个小男孩长大后成就了一番事业,他就是华裔电脑名人王安博士。

激励一生的成败故事

激励一生的成败故事

　　我们做什么事情都不能犹豫不决,在成长的路途上,思前想后、犹豫不决固然可以免去一些做错事的可能,但可能会失去更多成功的机遇,哪怕只是一秒钟的犹豫。

时间＋爱＝永恒

从前有一个小岛，上面住着快乐、悲哀、知识和爱，还有其他各类情感。

一天，情感们得知小岛快要下沉了，于是，大家都准备船只，离开小岛。只有爱留了下来，她想要坚持到最后一刻。

过了几天，小岛真的要下沉了，爱想请人帮忙。

这时，富裕乘着一艘大船经过。

爱说："富裕，你能带我走吗？"

富裕答道："不，我的船上有许多金银财宝，没有你的位置。"

爱看见虚荣在一艘华丽的小船上，说："虚荣，帮帮我吧！"

"我帮不了你，你全身都湿透了，会弄坏了我这漂亮的小船。"

悲哀过来了，爱向她求助："悲哀，让我跟你走吧！"

"哦……爱，我实在太悲哀了，想自己一个人待一会！"悲哀答道。

快乐走过爱的身边，但是她太快乐了，竟然没有听到爱在叫她!

突然,一个声音传来:"过来!爱,我带你走。"

这是一位长者。爱大喜过望,竟忘了问他的名字。登上陆地以后,长者独自走开了。

爱对长者感恩不尽,问另一位知识长者:"帮我的那个人是谁?"

"他是时间。"知识老人答道。

"时间?"爱问道,"为什么他要帮我?"

知识老人笑道:"因为只有时间才能理解爱有多么伟大。"

时间与爱是人生永恒的两个主题。时间可以见证爱的永恒,脆弱的爱终究会在时间的碾磨中消散殆尽。

两个开发商

两个开发商,一个在城东 10 里开发圆梦花园,一个在城西 10 里开发凤凰山庄。城东的聘请了最好的设计师,使用了一流的施工队,城西的也是如此。

67

一年后,总投资 10 个亿的圆梦花园建成了。60 栋楼房环湖排列,波光倒影,清新雅静,曲径回廊,处处花草,置身其中,真如在花园中一般。不久,凤凰山庄也竣工了,它真像一座山庄,60 栋楼房依山而筑,青砖碧瓦,绿树掩映,清风徐徐,松涛鸟鸣,确实是理想的居住地。

圆梦花园首先在电视上打出广告,接着是报纸和电台,他们打算投资 1000 万做宣传,让圆梦花园成为购房者真正圆梦的地方。凤凰山庄建好后,也拿出 1000 万,不过它没有交给广告公司,而是给了公交公司,让他们把跑西线的车由每半小时一班增加到每 5 分钟一班。一个月后,凤凰山庄售出的房是圆梦花园的 10 倍。一年过去,凤凰山庄开始清盘,圆梦花园开始降价。

现在去凤凰山庄的车每 2 分钟就有一班,坐这条线路上的车,人们可以得到一张如公园门票大小的彩色车票,它的正面是凤凰山庄的广告,反面是一首四言绝句,这种车票每周一换。据说,凤凰山庄有个孩子已在车上背了400多首唐诗,最少的也背了五十几首。

前不久,圆梦花园申请破产,凤凰山庄借势收购。从此,市区又多了一条车票上印有宋词的线路。

快跑的未必能赢,力战的未必得胜,智慧的未必得粮食,明哲的未必得资财,灵巧的未必得喜悦。所临到众人的,是在乎当时的机会。

——雨　果

做别人没有做过的事

很多啤酒商都发现,要想打开比利时首都布鲁塞尔的啤酒市场非常难。于是就有人向畅销比利时国内的"哈罗"牌啤酒厂取经。哈罗啤酒厂位于比利时首都布鲁塞尔的东郊,无论是厂房建筑还是生产设备都没有很特别的地方。但该厂的销售总监林达是轰动欧洲的策划人员,由他策划的啤酒文化节曾经在欧洲多个国家盛行。

林达刚到这个啤酒厂的时候还是一个不满 25 岁的小伙子,那时他看上了厂里一个很优秀的女孩,然而那个女孩却对他说:"我不会看上一个像你这样普通的男人。"于是林达决定做些不普通的事情。

那时的哈罗啤酒厂市场份额正在一年一年地减少,因为啤酒销售的不景气而没有钱在电视或报纸上做广告。销售员林达多次建议厂长到电视台做一次演讲或者广告,但都被厂长拒绝。林达决定冒险做自己想做的事情,他贷款承包了厂里的销售工作,正当他为怎样去做一个最省钱的广告而发愁时,他徘徊到了布鲁塞尔市中心的于连广场。广场中心的铜像启发了他,广场中心撒尿的男孩铜像就是用自己的尿浇灭了侵略者炸城的导火线从而挽救了这个城市的小英雄于连。林达突然决定了他要做一件让所有人都意想不到的事情。

第二天,路过广场的人们发现于连的尿变成了色泽金黄、泡沫泛起的"哈罗"啤酒,旁边的大广告牌子上写着"哈罗啤酒免费品尝"的广告语。一传十、十传百,很快全市老百姓都从家里拿出自己的瓶子杯子排成队去接啤酒喝。电视台、报纸、广播电台争相报道。年底结算,该年度的啤酒销售产量是上一年的 18 倍。

林达成了闻名布鲁塞尔的销售专家。他的经验告诉我们:做一些别人没有做过的事情,可能会有意想不到的效果。

独辟蹊径才能创造出伟大的业绩,在街道上挤来挤去不会有所作为。

——布莱克

分段实现大目标

1984 年,在东京国际马拉松邀请赛中,名不见经传的日本选手山田本一出人意料地夺得了世界冠军。当记者问他凭什么取得如此惊人的成绩时,他说了这么一句话:凭智慧战胜对手。

当时许多人都认为这个偶然跑到前面的矮个子选手是在故弄玄虚。马拉松赛是体力和耐力的运动,只要身体素质好又有耐性就有望夺冠,爆发力和速度都还在其次,说用智慧取胜确实有点勉强。

两年后,意大利国际马拉松邀请赛在意大利北部城市米兰举行,山田本一代表日本参加比赛。这一次,他又获得了世界冠军。记者又请他谈经验。

山田本一性情木讷,不善言谈,回答的仍是上次那句话:用智慧战胜对手。这回记者在报纸上没再挖苦他,但对他所谓的智慧迷惑不解。

10 年后,这个谜终于被解开了,他在他的自传中是这么说的:每次比赛之前,我都要乘车把比赛的线路仔细地看一遍,并把沿途比较醒目的标志画下来,比如第一个标志是银行;第二个标志是一棵大树;第三个标志是一座红房子……这样一直画到赛程的终点。比赛开始后,我就以百米的速度奋力地向第一个目标冲去,等到达第一个目标后,我又以同样的速度向第二个目标冲去。40多公里的赛程,就被我分解成这么几个小目标,轻松地跑完了。起初,我并不懂这样的道理,我把我的目标定在40多公里外终点线上的那面旗帜上,结果我跑到十几公里时就疲惫不堪了,我被前面那段遥远的路程给吓倒了。

激励——一生的成败故事

卡尔·弗雷德里克曾说过,要想达到目的,首先确定方向。在现实生活中,我们做事往往会半途而废,其中的原因,不是因为难度较大,而是觉得成功离我们较远,确切地说,我们不是因为失败而放弃,而是因为倦怠而失败。

过   河

那是地处险恶的峡谷,涧底奔腾着湍急的水流,几根光秃秃的铁索横亘在悬崖峭壁间,这就是过河的桥。

一行四人来到桥头,一个盲人,一个聋子,两个耳聪目明的健全人。

四个人一个接一个地抓住铁索,凌空行进。结果呢?盲人、聋子过了桥,一个耳聪目明的人也过了桥,另一个则跌下去,丧了命。

难道耳聪目明的人还不如盲人、聋人吗?

他的弱点恰恰源于耳聪目明。

盲人说:我眼睛看不见,不知山高桥险,心平气和地攀索;聋人说:我的耳朵听不见,不闻脚下咆哮怒吼,恐惧相对减少很多。那么过桥的健全人呢?他的理论是:我过我的桥,险峰与我何干?急流与我何干?只管注意落脚稳固就够了。

73

激励一生的成败故事

　　许多时候,成功好此攀附铁索,失败的原因,不是因为智商的低下,也不是因为力量的薄弱,而是威慑于环境,被周围的声势吓破了胆。

钟摆的故事

一只新组装好的小钟放在了两只旧钟当中。两只旧钟"滴答""滴答"一分一秒地走着。

其中一只旧钟对小钟说："来吧，你也该工作了。可是我有点担心，你走完 3200 万次以后,恐怕便吃不消了。"

"天哪！3200 万次。"小钟吃惊不已。"要我做这么大的事？办不到,办不到。"

另一只旧钟说："别听他胡说八道。不用害怕,你只要每秒滴答摆一下就行了。"

"天下哪有这样简单的事情。"小钟将信将疑。"如果这样,我就试试吧。"

小钟很轻松地每秒钟"滴答"摆一下,不知不觉中,一年过去了,它摆了 3200 万次。

激励一生的成败故事

　　有时候梦想与现实之间似乎隔着一条大河,我们往往因目标的遥不可及,自信心的不足怀疑自己的能力,放弃努力。其实,不要去想那么远,只要踏踏实实一步一个脚印地走,像钟摆一样,每秒"滴答"摆一下,成功就会慢慢地向我们走来。

纸 和 纸 篓

晶晶和圆圆是两个爱画画的孩子。晶晶妈妈给儿子一沓纸，一捆笔，还有一面墙。她告诉晶晶：你的每一张画都要贴在墙上，给所有来我们家的客人看。

圆圆的妈妈给儿子一沓纸，一捆笔，还有一个纸篓。她告诉圆圆：你的每一张画都要扔在这个纸篓里，无论你对它满意还是不满意。

3年后，晶晶举办了画展：一墙的画，色彩鲜亮，构图完整，人人赞扬。

圆圆没法展览，一纸篓的画，满了就倒掉，所有的人都只看到他手头上尚未画完的那一张。

30年后，人们对晶晶一墙一墙的展览的画已不感兴趣，圆圆的画却横空出世，震惊了画坛。

激励一生的成败故事

激励一生的成败故事

　　两个家庭,两种不同的教育方式,结果也截然不同,少时的成功不代表一辈子的,如果仅仅陶醉在这一时的成功中,而放弃成长,成功只能离你远去。

自　信

　　有个小男孩头戴球帽,手拿球棒与棒球,全副武装地走到自家后院。"我是世上最伟大的打击手。"他满怀自信地说完后,便将球往空中一扔,然后用力挥棒,但却没打中。他毫不气馁,继续将球拾起,又往空中一扔,然后大喊一声:"我是最厉害的打击手。"他再次挥棒,可惜仍是落空。他愣了半晌,然后仔仔细细地将球棒与棒球检查了一番。之后他又试了三次,这次他仍告诉自己:"我是最杰出的打击手。"然而他第一次的尝试还是挥棒落空。

　　"哇!"他突然跳了起来,"我真是一流的投手。"

　　　许多人一事无成,就是因为他们低估了自己的能力,妄自菲薄,以至于缩小了自己的成就。

　　　　　　　　　　　　　——唐拉德·希尔顿

激励一生的成败故事

一把椅子

黄哥的儿子考上重点高中,没钱上。一天,有一个外地姓李的人找到了学校的校长,说他愿意资助黄哥 3000 元钱,送儿子读书。不过,他要到黄哥的家里看看。

黄哥家在一片竹林子的边上。竹林子有几十亩,一眼望去,尽是密匝匝、修长修长的竹子。黄哥家里很穷,什么也没有,坐的是破板凳,连一把椅子也没有。李先生看了一会儿,就走了。走出了好远,李先生说:"我不资助了,他家人懒,你看这个黄哥,屋边就是大片的竹子,怎么也不砍来做几把椅子坐?"校长一想,是啊!

回去后,校长问李先生还有没有商量的余地?李先生说:"这样吧,过十天我再来看看。"李先生走后,第 2 天,校长就去了黄哥家,把情况告诉了黄哥。校长埋怨说:"这么多竹子,你也不砍几条做几把椅子!"黄哥一听,说:"这不行!"黄哥便拿出一份合同书。原来,这片竹林是一个王老板在 8 年前包下这片洼地种的,种下了叫黄哥看管,签了合同书,黄哥如果管好了这片竹林子,自己不乱砍、别人也不乱砍,十年后,卖竹子的收入对半分；如果乱砍了，王老板一年只给他200元工钱。眼下，差一年就满十年了。校长一听，说："你砍几条竹子做椅子怎么算乱砍呢？"黄哥说："我砍几条，别人也砍几条，那就不行了。"

　　一年后，这个李先生拿着合同书来找黄哥，他是王老板的女婿。校长和黄哥这才知道，一年前的一把椅子，是商人的狡诈和黄哥老实守信的较量。现在，黄哥的儿子已读大学了，用的就是竹子的钱。

智慧箴言

　　唯诚可以破天下之伪，唯实可以破天下之虚。

——薛瑄

81

激励一生的成败故事

拐弯处的发现

激励一生的成败故事

有位年轻人乘火车去某地。火车行驶在一片荒无人烟的山野之中，人们一个个百无聊赖地望着窗外。

前面有一个拐弯处，火车减速，一座简陋的平房缓缓地进入他的视野。也就在这时，几乎所有乘客都睁大眼睛"欣赏"起寂寞旅途中这特别的风景。有的乘客开始窃窃议论起这座房子。

年轻人的心为之一动。返回时，他中途下了车，不辞劳苦地找到了那座房子。主人告诉他，每天火车都要从门前"隆隆"驶过，噪音实在使他们受不了，房主很想以低价卖掉房屋，但多年来一直没有人问津。

不久，年轻人用 3 万元买下了那座平房，他觉得这座房子正好处在转弯处，火车一经过这里时都会减速，疲惫乘客一看到这座房子精神就会为之一振，用来做广告是再好不过的了。

很快，他开始和一些大公司联系，推荐房屋正面是一面极好的"广告墙"。后来，可口可乐公司看中了这个广告媒体，在 3 年租期内，支付年轻人 18 万元租金……

　　成功只会降临于那些善于动脑筋的人,就好像拐弯处,往往我们视而不见,别人却能从中找出机会。

激励一生的成败故事

好学不倦

只有一个洞穴的老鼠很快被捉。

在一个漆黑的晚上,老鼠首领带领着小老鼠出外觅食,在一家人的厨房内,垃圾桶之中有很多剩余的饭菜,对于老鼠来说,就好像人类发现了宝藏。

正当一大群老鼠在垃圾桶及附近范围大挖一顿之际,突然传来了一阵令它们肝胆俱裂的声音,那就是一头大花猫的叫声。它们震惊之余,便各自四处逃命,但大花猫绝不留情,不断穷追不舍,终于有两只小老鼠走避不及,被大花猫捉到,正要向它们吞噬之际,突然传来一连串凶恶的狗吠声,令大花猫手足无措,狼狈逃命。

大花猫走后,老鼠首领从垃圾桶后面走出来说:"我早就对你们说,多学一种语言有利无害,这次我就因而救了你们一命。"

智慧箴言

　　俗语说艺多不压人,多一门手艺,多一条路,不断的学习,才是我们克服人生路上障碍的保证。

激励一生的成败故事

热忱是种重要的力量

激励
一生的成败故事

　　IBM(国际商用机器公司)成为当今世界上最大的计算机制造公司的成功秘籍,就是为顾客创造良好的售后服务条件。为使全体员工保持极大的工作热情,长期以来,该公司为此挑选了一批优秀的技术骨干,专门负责解决顾客的问题和疑难,而且向顾客许诺:服务必须在顾客提出要求后的 24 小时之内完成。

　　有一次,一家使用 IBM 计算机的公司打来长途电话,请求该公司立即派人前去帮助修理计算机出现的故障。可是这家用户地处偏远的山区,靠一般的交通工具需要花费两天的时间才能到达那里。为了及时地帮助顾客排忧解难,维护公司的声誉,经过短时间的研究之后,该公司的维修人员毅然踏上了直升飞机,及时赶到了用户家里,而且对用户表示歉意,满怀热情地为用户顺利而及时地排除了故障,使这家客户大为感动。优质的产品及工作人员良好的工作热情,使 IBM 公司在世界计算机销售领域中独占鳌头。

热忱不只是外在的表现，它发自于内心。热忱来自你对自己正在做的某件工作的真心喜爱。

——卡耐基

激励一生的成败故事

野鸭与苍鹰

　　春秋时候,楚国有个擅长射箭的人叫养叔。他能在百步之外射中杨枝上的叶子,并且百发百中。楚王羡慕养叔的射箭本领,就请养叔来教他射箭。养叔把射箭的技巧倾囊相授。楚王兴致勃勃地练习了好一阵子,渐渐能得心应手,就邀请养叔跟他一起到野外去打猎。

　　打猎开始了,楚王叫人把躲在芦苇丛里的野鸭子赶出来。野鸭子被惊扰地振翅飞出。楚王弯弓搭箭,正要射猎时,忽然从他的左边跳出一只山羊。楚王心想,一箭射死山羊,可比射中一只野鸭子划算多了!于是楚王又把箭头对准了山羊,准备射它。可是正在此时,右边突然又跳出一只梅花鹿。楚王又想,若是射中罕见的梅花鹿,价值比山羊又不知高出了多少,于是楚王又把箭头对准了梅花鹿。忽然大家一阵子惊呼,原来从树梢飞出了一只珍贵的苍鹰,振翅往空中窜去。楚王又觉得不如还是射苍鹰好。

　　可是当他正要瞄准苍鹰时,苍鹰已迅速地飞走了。楚王只好回头来射梅花鹿,可是梅花鹿也逃走了。只好再回头去找山羊，可是山羊也早溜了，连那一群鸭子都飞得无影无踪了。

楚王拿着弓箭比画了半天，结果什么也没有射着。

跛足而不迷路，能赶过虽健步如飞但误入歧途的人。人生就是这样，机会稍纵即逝，一定要坚定你的信念，才能抓住你一直所追求的机会，达到你的目标。

89

每次被拒绝的收入

美国国际投资顾问公司总裁廖荣典有个很有名的百分比定律。他认为假如会见 10 名顾客,只在第 10 名顾客处获得 200 元订单,那么怎样看待前 9 次的失败与被拒绝呢?他说:"请记住,你之所以赚 200 元,是因为你会见了 10 名顾客才产生的结果,并不是第 10 名顾客才让你赚到 200 元。而应看成每个顾客都让你做了 200÷10=20 元的生意。因此,每次被拒绝的收入是 20 元。当你被拒绝时,想到这个顾客拒绝了我,等于让我赚了 20 元,所以应面带微笑,敬个礼,当作收入是 20 元。"

日本汽车推销王奥程良治也有类似的说法。他从一本汽车杂志上看到,据统计,日本汽车推销员拜访顾客的成交比率为 1/30;换言之,拜访 30 个人之中,就会有一个人买车。此项信息令他振奋不已。他认为,只要锲而不舍地连续拜访了 29 位之后,第 30 位就是顾客了。最重要的,他觉得不但要感谢第 30 位买主,而且对先前没买的 29 位更应当感谢,因为假如没有前面的 29 次挫折,怎会有第 30 次的成功呢!

　　俗语说常常是最后一把钥匙打开了门。但若没有前面无数把钥匙的尝试，也是不行的。成功也是这样，需要我们长期不懈的努力。

激励一生的成败故事

人生的试金石

当著名的亚历山大图书馆在一次火灾中被毁之后,人们在废墟中发现了残存的一本书。可惜这本书没有任何学术价值,政府打算把这本书拍卖掉。由于大家都知道这本书没有任何学术价值,没有人打算买这本书。最终,一个穷学生以3个铜币的低价购得这本书。

这本书不但没有学术价值,内容也枯燥无味。那名穷学生在少有其他书可读的情况下,还是经常把这本书拿出来翻阅。翻到后来,书被翻破了,书脊里掉出一个小纸条,上面写着试金石的秘密:试金石是能把任何金属变成纯金的一种小鹅卵石,它看起来和普通的鹅卵石没有两样,静静地躺在沙滩上,然而,一般的鹅卵石较冷,只有试金石摸起来是温暖的。

穷学生获知这个秘密后,欣喜若狂,立即赶到大海边寻找试金石。穷学生满怀信心地挑选着那些鹅卵石,可是那些石头摸起来都是凉凉的。穷学生渐渐地有些失望了,他愤懑地把捡起来的每块凉凉的鹅卵石朝大海深处扔去。他就这样日复一日、年复一年地在海边扔鹅卵石,而且扔鹅卵石的力气越来越大,那些鹅卵石也被越扔越远。

多年后的一天,穷学生捡到一块温暖的鹅卵石。然而,他已经形成了到手就扔的习惯,当他意识到那是块温暖的鹅卵石时,那块传说中的试金石已经被他扔到深海中。他懊恼地潜到海底,寻找了许多天,还是找不到他扔出去的那块试金石。

习惯的养成有如纺纱,一开始只是一条细细的丝线,随着我们不断地重复相同的行为,就好像在原来那条丝线上不断缠上一条又一条丝线,最后它便成了一条粗绳,把我们的思想和行为给缠得死死的。

——马　甸

93

激励一生的成败故事

激励一生的成败故事

"回避"也是生活的艺术

20世纪60年代初,美国有位大学校长竞选州议会议员。此人资历很高,又精明能干、博学多识,看起来胜算极大。但是,选举期间有个谣言散布开来:这位校长曾跟一位年轻女教师有那么一点"暧昧"关系。由于按捺不住对恶毒谣言的怒火,这位候选人在每次集会中,都要极力澄清事实。其实,大部分选民根本没有听说过这件事。但是,现在人们却愈来愈相信有那么一回事。公众们振振有词地反问:"如果他真是无辜的,为什么要百般狡辩呢?"最悲哀的是,连他的太太也开始转而相信谣言,夫妻关系破坏殆尽。最后他失败了,从此一蹶不振。

屏幕硬汉施瓦辛格竞选州长时,也面对了各种刁难和中伤,可他对此根本不去理会,也不去应答那些无聊的责难。这反而更增加了他在选民中的人格魅力,赢得了更多的信赖和支持,并最终获得了胜利。

对现实生活中出现的阻挠,有的暂时回避一下,就会风平浪静,一切也就过去了。如果一味地纠缠它,只是耗费自己的时间和精力,损害自己的形象。

激励一生的成败故事

大鱼吃小鱼

"大鱼吃小鱼",这是大自然的规律,然而科学家通过一项特别实验,却得到了相反的结论:

他们将一个很大的鱼缸用一块玻璃隔成了两半,首先在鱼缸的一半放进了一条大鱼,连续几天没有给大鱼喂食,之后,在另一半鱼缸里放进了很多条小鱼,当大鱼看到了小鱼后,就径直地朝着小鱼游去,但它没有想到中间有一层玻璃隔着,所以被玻璃顶了回来。第二次,它使出了浑身的力气,朝小鱼冲去,但结果还是一样,这次使得它鼻青眼肿,疼痛难忍,于是它放弃了眼前的美食,不再徒劳了。

第二天,科学家将鱼缸中间的玻璃抽掉了,小鱼们悠闲着游到了大鱼的面前,而此时的大鱼再也没有吃掉小鱼的欲望了,眼睁睁地看着小鱼在自己面前游来游去。

生活中有许多这种情况，很多人在经历挫折后，就会在内心竖起一堵高大的墙，使他们不敢大胆地表明自己的观念，一个人要走向成功，就要不断地推倒心中的这堵"墙"，超越无形的障碍！

97

激励一生的成败故事

分　粥

有七个人曾经住在一起,每天分一大桶粥。要命的是,粥每天都是不够的。

一开始,他们抓阄决定谁来分粥,每天轮一个。于是乎每周下来,他们只有一天是饱的,就是自己分粥的那一天。

后来他们开始推选出一个道德高尚的人出来分粥。强权就会产生腐败,大家开始挖空心思去讨好他,贿赂他,搞得整个小团体乌烟瘴气。

然后大家开始组成三人的分粥委员会及四人的评选委员会,互相攻击扯皮下来,粥吃到嘴里全是凉的。

最后想出来一个方法:轮流分粥,但分粥的人要等其他人都挑完后拿剩下的最后一碗。为了不让自己吃到最少的,每人都尽量分得平均,就算不平,也只能认了。大家快快乐乐,和和气气,日子越过越好。

一个好的分配制度,才能够保证大家的共同利益,所以一个公司如果有不良的工作习气,一定是没有完全公平公正公开,没有严格的奖勤罚懒。如何制订这样一个制度,是每个领导需要考虑的问题。

激励一生的成败故事

选 择 方 向

激励一生的成败故事

有两只蚂蚁想翻越一段墙，寻找墙那头的食物。一只蚂蚁来到墙脚就毫不犹豫地向上爬去，可是每当它爬到大半时，就会由于劳累，疲倦而跌落下来。可是它不气馁，一次次跌下来，又迅速地调整一下自己，重新开始向上爬去。

另一只蚂蚁观察了一下，决定绕过墙去。很快地，这只蚂蚁绕过墙来到食物前，开始享受起来；而另一只蚂蚁还在不停地跌落下去又重新开始。

智慧箴言

成功不但是勇往直前、坚持不懈，它更需要选择正确的方向，不要一味地向前冲，有时停下来想一想，可能会有，意想不到的收获。

将脑袋打开一毫米

美国有一间生产牙膏的公司,产品优良,包装精美,深受广大消费者的喜爱,每年营业额蒸蒸日上。

记录显示,前十年每年的营业增长率为 10%~20%,令董事部雀跃万分。

不过,业绩进入第十一年,第十三年及第十二年时,则停滞下来,每个月维持同样的数字。

董事部对此三年业绩表现感到不满,便召开全国经理级高层会议,以商讨对策。

会议中,有名年轻经理站起来,扬了扬手中的一张纸对董事部说:"我有个建议,若您要使用我的建议,必须另付我 5 万元!"

总裁听了很生气说:"我每个月都支付你薪水,另有红包奖励。现在叫你来开会讨论,你还要另外要求 5 万元。是否过分?"

"总裁先生,请别误会。若我的建议行不通.您可以将它丢弃,一毛钱也不必付。"年轻的经理解释说。

"好!"总裁接过那张纸后,阅毕,马上签了一张 5 万元支票给那年轻经理。

那张纸上只写了一句话:将现有的牙膏开口扩大 1 毫米。

总裁马上下令更换新的包装。

试想,每天早上,每个消费者多用 1 毫米的牙膏,每天牙膏的消费量将多出多少倍呢?

这个决定,使该公司第十四年的营业额增加了 32%。

"创新=新思想+能够带来改进或创造利润的行动"。

——3M 公司的创新理念

担 当 风 险

有一天,园艺师向井植岁男请教说:"社长先生,我看您的事业愈做愈大,而我像树上的一只蝉,一生都在树上,太没出息了。请您告诉我一点创业的秘诀吧!"

井植点点头说:"好吧,我看你很适合做园艺方面的事情。这样吧,我工厂旁边有 2 万坪空地,我们就种树苗吧!一棵树苗多少钱?"

"40 元。"

井植又说:"好!以一坪地种两棵计算,扣除道路,2 万坪地大约可以种 2.5 万棵,树苗成本刚好 100 万元。三年后,一棵树苗可以卖多少钱?"

"大约 3000 元。"

"那么,100 万元的树苗成本与肥料费都由我来支付。你就负责浇水、除草和施肥工作。3 年后,我们就有 600 万的利润,那时我们一人一半。"井植认真地说。

不料园艺师却拒绝说:"哇!我不敢做那么大的生意,我看还是算了吧。"

　　要创业，必须要有胆量。否则，最好的机会到来，也不敢去尝试，只有失败的顾虑，却失去了成功的机会。

　　　成功者与失败者的区别就在于：前者敢于尝试和冒险，后者却是顾虑重重、裹足不前。

享受成功的过程

成功,一个很诱人的词语,每个人都渴望它终有一天能用在自己的身上。但是,却很难实现。

其实,成功很简单,只要你肯付出努力,就一定会成功。

有一个人,他从小到大都是一名失败者,失败永远陪伴在他的身边。他感到上天的不公平,于是,他决定去寻找上帝,询问上帝:成功是什么。

这个人翻山越岭,来到河边,见到一位老翁,就走过去问:"老人家,成功是什么?"那位老人就回答他:"成功就是能每天都钓到鱼,那就是成功。"

这位年轻人继续他的旅途,他渡过了河,来到了森林中,遇见一个正在赶路的中年男人,就问他:"成功是什么?"那个中年男人就回答他:"成功就是每天都能捕获野兽,那就是成功。"

他听了,就继续赶路。这个人穿过了森林,也穿过了沙漠,来到沙漠边缘,找到了上帝,问:"成功是什么。"上帝很慈祥地回答:"成功是生活,成功是经验,成功是汗水。年轻人,不要执着于成功，而应享受成功的过程。"年轻人听了，顿时明白了，就辞别了上帝，回家去了。

到家之后，他将旅途上的所见所闻写了下来，出了一本书，他凭借着这本书，终于获得了成功。

智慧箴言

我们每一个人都渴望成功，但是不应该执着于成功，而应该学会享受成功的过程，只要能够在成功的过程中吸取经验，从过程中找到乐趣，才能取得更大的成功。

激励一生的成败故事

试穿的魅力

　　几年前,美国沃尔弗林环球公司生产了一款名叫"安静的小狗"的休闲鞋。前几个调查策划文案先后摆在营销部经理埃克森的桌上,他很不满意,因为文案里的方法太模式化了。埃克森的好友得知他的烦恼后说:"我看看是什么样的休闲鞋,不妨让我先试穿一下。"

　　埃克森从柜子里捧出一双样品递给好友,看着他穿上在屋里走了几圈。

　　"还别说,真不错,我都有点舍不得脱了。"好友边说边低头爱惜地望着那双鞋,"这鞋多少钱一双? 能不能先卖给我一双?"好友一连问了好几声,都未见埃克森回答,便抬起头,见埃克森正伏案飞快地写着什么。很快,一份新颖的策划文案在埃克森的指挥下付诸实施。

　　他们先后把 200 双鞋无偿送给 200 位顾客试穿一个月。一个月后,公司派人登门收回。试穿者若想留下,每双鞋付 5 美元。其实,埃克森并非想收回鞋而是想知道 5 美元一双的休闲鞋是否有人愿意买。结果,绝大多数试穿者

107

都把鞋留了下来。得到这个信息后,公司决定大规模生产,并以每双 8 美元的价格销售了几万双这种名为"安静的小狗"的休闲鞋。

智慧箴言

　　人们若是一心一意地做某一件事,总是会碰到偶然的机会的。

　　　　　　　　　　　——巴尔扎克

机会就在你身边

一个 20 出头的小伙子急匆匆地走到路上,对身边的景色与过往的行人全然不顾。一个人拦住了他,问道:"小伙子,你为何行色匆匆?"

小伙子头也不回,飞快地向前奔跑着,只冷冷地甩了一句:"别拦我,我在寻找机会。"

转眼 20 年过去了,小伙子已经变成了中年人,他依然在路上疾驰。

又一个人拦住他:"喂,伙计,你在忙什么呀?"

"别拦我,我在寻找机会。"

又是 20 年过去了,这个中年人已经变成了面色憔悴、两眼昏花的老人,还在路上挣扎着向前挪动。

一个人拦住他:"老人家,你还在寻找你的机会吗?"

"是啊。"

当老人回答完这句话后,猛地一惊,一行眼泪掉了下来。原来刚才问他问题的那个人,就是机遇之神。他寻找了一辈子,可机遇之神实际上就在他的身边。

激励
一生的成败故事

    你寻找的最佳机遇就在自己手里。它不在周围的环境中,不依赖于你的运气或他人的帮助,它在于你的自身。

            ——奥里森·斯韦特·马顿

明确的目标

父亲带着三个儿子到草原上猎杀野兔。在到达目的地，一切准备得当、开始行动之前，父亲向三个儿子提出了一个问题：

"你看到了什么呢?"

老大回答道："我看到了我们手里的猎枪、在草原上奔跑的野兔、还有一望无际的草原。"

父亲摇摇头说："不对。"

老二的回答是："我看到了爸爸、大哥、弟弟、猎枪、野兔，还有茫茫无际的草原。"

父亲又摇摇头说："不对。"

而老三的回答只有一句话："我只看到了野兔。"

这时父亲才说："你答对了。"

激励一生的成败故事

　　每一点滴的进展都是缓慢而艰巨的，一个人一次只能着手解决一项有限的目标。有了明确的目标，才会为行动指出正确的方向，才会在实现目标的道路上少走弯路。漫无目标或目标过多，都会阻碍我们前进。

野兔和猎狗

威廉姆一次带上猎狗去打猎，很快猎狗就发现了不远处有了目标——一只大野兔正恐慌地逃跑，猎狗就追了上去。

追了好长时间，猎狗还是没有将野兔抓住。

野兔心想："如果我不逃，我这一生就从此结束了。"

而猎狗心里也想到："追不到你也没有关系，最多是挨一顿骂，或饿一餐，也不至于会失掉性命。如果下次再让我遇到，一定不会放过你。"

野兔是抱着"不成功便要成仁的决心。"

猎狗抱着"这次不成功，以后还有机会。"

最终，野兔逃掉了，猎狗筋疲力尽，空手而归。

智慧箴言

在人生路上，我们抱定了目标就一定要全力拼搏、坚持不懈，成功的路上容不得三心二意，全身心地投入，才是解除一切困境的出路。

剑 客

激励
一生的成败故事

114

一名剑客前去拜访一位武林泰斗，请教他是如何练就非凡武艺的。武林泰斗拿出一把只有一尺来长的剑，说："多亏了它，才让我有了今天的成就。"

剑客大为不解，问："别人的剑都是三尺三寸长的，而你的剑为什么只有一尺长呢？兵器谱上说：剑短一分，险增三分。拿着这么短的剑无疑是处于一种劣势，你怎么还说这把剑好呢？"武林泰斗说："就因为在兵器上我处于劣势，所以我才会时时刻刻想到，如果与别人对阵，我会是多么得危险，所以我只有勤练剑招，以剑招之长补兵器之短，这样一来，我的剑招不断进步，劣势就转化为优势了。"

这位剑客听后，按照武林泰斗说的方法去练剑，后来也成了一位武林高手。

优势和劣势有时候并不是绝对的。把自己放在劣势,就是给自己压力,为自己注入进取的动力,敢于把自己放在劣势的人,最终就有可能把劣势转化成为优势,从而取得胜利。

115

激励一生的成败故事

成功的秘密

有人问一位智者:"请问,怎样才能成功呢?"智者笑笑,递给他一颗花生:"用力捏捏它。"

那人用力一捏,花生壳碎了,只留下花生仁。

"再搓搓它。"智者说。

那人又照着做了,红色的种皮被搓掉了,只留下白白的果实。

"再用手捏它。"智者说。

那人用力捏着,却怎么也没法把它毁坏。

"再用手搓搓它。"智者说。

当然,什么也搓不下来。

智慧箴言

人生的道路挫折是不可避免的。所以,无论自己处于多么严酷的境遇之中,心头都不应为悲观的思想所萦绕,要保有一颗百折不挠的心。

自己先站起来

从前，有个生麻风病的病人，病了近 40 年，一直躺在路旁，等人把他指到有神奇力量的水池边。但是他躺在那儿近 40 年。仍然没有往水池目标迈进半步。

有一天，天神碰见了他，问道："先生，你要不要被医治，解除病魔？"

那麻风病人说："当然要！可是人心好险恶，他们只顾自己，绝不会帮我。"

天神听后，再问他说："你要不要被医治？"

"要，当然要啦！但是等我爬过去时，水都干涸。"

天神听了那麻风病人的话后，有点生气，再问他一次："你到底要不要被医治？"

他说："要！"

天神回答说："好，那你现在就站起来自己走到那水池边去，不要老是找一些不能完成的理由为自己辩解。"

听后，那麻风病人深感羞愧，立即站起身来，走向池水边去，用手心盛着神水喝了几口。刹那间，他那纠缠了近 40 年的麻风病竟然好了！

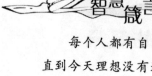

　　每个人都有自己的理想，都希望自己成功。直到今天理想没有达成，成功遥不可及，您是否曾经问过自己：我为自己的理想付出了多少努力？我是不是经常找一大堆借口来为自己的失败而狡辩？放弃借口吧，努力拼搏，成功一定会找到你。